Meinem großen Engel
Marla
von deiner Oma

Franz Hübner

Wenn ich dein Engel wär'

Fotografien von
Tina & Horst Herzig

benno

Wenn ich

dein Engel wär'…

… würde ich dich
in den Arm nehmen
und dir zuhören.

Wenn ich dein Engel wär' …

… würde ich morgens am Rande deines Bettes sitzen. Ich würde dich anblicken und dir ohne Worte zuflüstern: »Es ist schön, dass es dich gibt.« Und ich würde dir das Allerbeste wünschen für diesen Tag.

Wäre ich dein Engel,

ich würde dir
die Sonne zeigen,
die hinter den Wolken scheint.
Ich würde dir
das Lächeln zeigen,
das die Zukunft
auch für dich bereithält.

Für einen Engel
gibt es nichts zu tun ...

... außer zu lieben.
Für *deinen* Engel
gibt es nichts zu tun,
außer *dich* zu lieben
und *dich* für
die Schönheiten dieses Lebens
zu öffnen.

Wenn ich dein Engel wär' ...

… würde ich dir manchmal auf die Schulter klopfen und sagen: »Nimm's lockerer und vertrau ein bisschen mehr auf die Hilfe des Himmels.«

Wenn ich dein Engel wär' ...

… würde ich dich heute daran erinnern, alle Menschen so zu behandeln, wie auch du behandelt werden möchtest. Und ich glaube, mit dieser Einstellung würdest du von Tag zu Tag gelassener und friedvoller durch das Leben gehen.

Dein Engel schaut …

… dich jeden Morgen an und
freut sich jeden Tag darüber,
dass du lebst, egal,
ob du weinst oder lachst.
Auch wenn du an diesem Tag
verzweifelt sein magst,
auch wenn du heute traurig
sein magst … dein Engel
weiß, wie sehr du auch
an diesem Tag geliebt bist.

Wenn ich dein Engel wär' …

… wünschte ich mir, dass die Gemüter der Menschen verzaubert würden in dieser Nacht und dass ein jeder von uns morgen früh voller Freude und voller Liebe im Herzen erwacht. Ich glaube, das ist es, was ich mir heute beim Einschlafen wünschen werde …

*Wenn ich
dein Engel wär'* …

… würde ich versuchen,
dich zu verstehen und
gemeinsam mit dir
deine Probleme aufzuarbeiten
oder einfach für dich da sein,
an deiner Seite sein.

Ich wünsche dir ...

… einen glücklichen Gedanken
und das Wissen,
dass da immer ein Engel ist,
der darauf wartet,
von dir gerufen zu werden.

Wenn ich dein Engel wär' ...

… würde ich dich
jeden Tag daran erinnern,
was für ein wundervoller
Mensch du bist.

Wenn ich dein Engel wär' ...

… würde ich versuchen, dich irgendwie zum Lachen zu bringen. Lass uns gemeinsam das Leben für einen Augenblick lockerer und von seiner heiteren Seite sehen. Bitte lade mich in dein Leben ein und lass uns gemeinsam lachen.

Bibliografische Information der Deutschen Bibliothek:
Die Deutsche Bibliothek verzeichnet diese Publikation
in der Deutschen Nationalbibliografie;
detaillierte bibliografische Daten sind im Internet über
http://dnb.ddb.de abrufbar.

Besuchen Sie uns im Internet:
www.st-benno.de

ISBN 978-3-7462-2631-6

© St. Benno-Verlag GmbH
    Stammerstr. 11, 04159 Leipzig
Text: Franz Hübner
Fotografien: Tina und Horst Herzig
Umschlag und Gestaltung: Ulrike Vetter, Leipzig,
unter Verwendung eines Bildes von Tina und Horst Herzig
Gesamtherstellung: Arnold & Domnick, Leipzig (A)